창비시선 111

도종환 시집

당신은 누구십니까

창비

차   례

2

제 3 부 부칠 곳 없는 편지 별에다 씁니다

4

제 4 부   우리 아직 당신의 두 눈은
묻지 아니하였습니다

제 1 부

당신은 누구십니까

폭   설

폭설이 내렸어요 이십년 만에 내리는
큰눈이라 했어요 그 겨울 나는 다시
사랑에 대해서 생각했지요
때묻은 내 마음의 돌담과 바람뿐인
삶의 빈 벌판 쓸쓸한 가지를 분지를 듯
눈은 쌓였어요
길을 내러 나갔지요
누군가 이 길을 걸어오기라도 할 것처럼
내게 오는 길을 쓸러 나갔지요
손님을 기다리는 마음으로 먼지를 털고
오랫동안 사람이 살지 않던 내 가슴속
빈 방을 새로 닦기도 했어요
내가 다시 사랑할 수 있다면
내 사랑 누군가에게 화살처럼 날아가 꽂히기보다는
소리없이 내려서 두텁게 쌓이는 눈과 같으리라 느꼈
어요
새벽 강물처럼 내 사랑도 흐르다

저 홀로 아프게 자란 나무들 만나면
물안개로 몸을 바꿔 그 곁에 조용히 머물고
욕심없이 자라는 새떼를 만나면
내 마음도 그렇게 깃을 치며 하늘에 오를 것 같았어
요
구원과 절망을 똑같이 생각했어요
이땅의 더러운 것들을 덮은 뒤 더러운 것들과 함께
녹으며 한동안은 때묻은 채 길에 쓰러져 있을
마지막 목숨이 다하기 전까지의 그 눈들의 남은 시
간을
그러나 다시는 절망이라 부르지 않기로 했어요
눈물 없는 길이 없는 이 세상에
고통 없는 길이 없는 이 세상에
우리가 사는 동안
우리가 사랑하는 일도 또한 그러하겠지만
눈물에 대해서는 미리 생각지 않기로 했어요
내가 다시 한 사람을 사랑한다면

그것은 다시 삶을 사랑해야 한다는 것이며
더이상 어두워지지 말자는 것이었지요.

수없이 많은 얼굴 속에서

수없이 많은 얼굴 속에서 당신의 얼굴을 찾아냅니다
수없이 많은 목소리 속에서 당신의 목소리를 찾아냅니다
오늘도 이 거리에 물밀듯 사람들이 밀려오고 밀려가고
구름처럼 다가오고 흩어지는 세월 속으로
우리도 함께 밀려왔단 흩어져갑니다
수없이 만나고 헤어지는 사람들 속에서
오늘도 먼 곳에 서 있는 당신의 미소를 찾아냅니다
이 많은 사람들과 함께 가는 먼 길 속에서 당신은
먼발치에 있고
당신의 눈동자 속에서 나 역시 작게 있지만
거리를 가득가득 메운 거센 목소리와 우렁찬 손짓
속으로
우리도 솟아올랐단 꺼지고 사그라졌다간 일어서면서
결국은 오늘도 악수 한번 없이 따로따로 흩어지지만
수없이 많은 얼굴 속에서 당신의 얼굴을 기억합니다
수없이 많은 눈빛 속에서 당신의 눈빛을 기억합니다.

풀잎 하나를 사랑하는 일도
괴로움입니다

풀잎 하나를 사랑하는 일도 괴로움입니다
별빛 하나를 사랑하는 일도 괴로움입니다
사랑은 고통입니다 입술을 깨물며 다짐했던 것들을
우리 손으로 허물기를 몇번
육신을 지탱하는 일 때문에
마음과는 따로 가는 다른 많은 것들 때문에
어둠 속에서 울부짖으며 뉘우쳤던 허물들을
또다시 되풀이하는 연약한 인간이기를 몇번
바위 위에 흔들리는 대추나무 그림자 같은 우리의
심사와
불어오는 바람 같은 깨끗한 별빛 사이에서
가난한 몸들을 끌고 가기 위해
많은 날을 고통 속에서 아파하는 일입니다
사랑은 건널 수 없는 강을 서로의 사이에 흐르게 하
거나
가라지풀 가득한 돌자갈밭을 그 앞에 놓아두고
끊임없이 피흘리게 합니다

풀잎 하나가 스쳐도 살을 버히고

돌 하나를 밟아도 맨살이 갈라지는 거친 벌판을

우리 손으로 마르지 않게 적시며 적시며 가는 길입니다

그러나 사랑 때문에 깨끗이 괴로워해본 사람은 압니다

수없이 제 눈물로 제 살을 씻으며

맑은 아픔을 가져보았던 사람은 압니다

사랑한다는 것은 결국 고통까지를 사랑한다는 것입니다

진실로 사랑한다는 것은 그런 것들을

피하지 않고 간다는 것입니다

사람이 서로 살며 사랑하는 일도 그렇고

우리가 이 세상을 사랑하는 일도 그러합니다

사랑은 우리가 우리 몸으로 선택한 고통입니다.

당신은 누구십니까

강으로 오라 하셔서 강으로 나갔습니다
처음엔 수천개 햇살을 불러내어 찬란하게 하시더니
산그늘로 모조리 거두시고 바람이 가리키는
아무도 없는 강 끝으로 따라오라 하시는 당신은 누
구십니까

숲으로 오라 하셔서 숲속으로 당신을 만나러 갔습니
다
만나자 하시던 자리엔 일렁이는 나무 그림자를 대신
보내곤
몇날 몇밤을 붉은 나뭇잎과 함께 새우게 하시는
당신은 어디에 계십니까

고개를 넘으라 하셔서 고개를 넘었습니다
고갯마루에 한 무리 기러기떼를 먼저 보내시곤
그 중 한 마리 자꾸만 뒤돌아보게 하시며
하늘 저편으로 보내시는 뜻은 무엇입니까

저를 오솔길에서 세상 속으로 불러내시곤
세상의 거리 가득 물밀듯 밀려오는 사람들 사이에서
나타났단 사라지고 떠오르다간 잠겨가는
당신은 누구십니까

상처와 고통을 더 먼저 주셨습니다 당신은
상처를 씻을 한 접시의 소금과 빈 갯벌 앞에 놓고
당신은 어둠 속에서 이 세상에 의미없이 오는 고통
은 없다고
그렇게 써놓고 말이 없으셨습니다

당신은 누구십니까
저는 지금 풀벌레 울음으로도 흔들리는 여린 촛불입
니다
당신이 붙이신 불이라 온몸을 태우고 있으나
제 작은 영혼의 일만팔천 갑절 더 많은 어둠을 함

께 보내신

　당신은 누구십니까.

나 리 꽃

세월의 어느 물가에 나란히 앉아
나리꽃만 한나절 무심히 바라보았으면 싶습니다
흐르는 물에 머리 감아 바람에 말리고
물소리에 귀를 씻으며 나이가 들었으면 싶습니다
살다보면 어느 날 큰물 지는 날
서로 손을 잡고 견디다가도
목숨의 이파리 끝까지 물은 차올라
물줄기에 쓸려가는 날 있겠지요
삼천 굽이 물줄기 두 발짝도 못 가서 손을 잃고
영영 헤어지기도 하겠지요
그러면 또다시 태어나는 세상의 남은 생애를
세월의 어느 물가에서 따로따로 그리워하며 살겠지요
그리워하다 그리워하다 목이 길어진 나리꽃 한 송이
씩 되어
바위 틈에서고 잡풀 속에서고 살아가겠지요.

사랑을 잃은 그대에게

어제까지 많은 사람들이 당신을 필요로 했습니다
많은 사람들이 당신을 좋아했고 곁에 있었습니다
저녁노을의 그 끝으로 낙엽이 지는 것을 바라보고
서 있는
당신의 그림자 곁에 서서
사랑하고 미워하는 일이 바람 같은 것임을
저는 생각합니다
웃옷을 벗어 어깨 위에 걸치듯
견딜 수 없는 무거움을 벗어 바람 속에 걸치고
어두워오는 들 끝을 걸어가는 당신의 뒷모습을
저는 끝까지 지켜보고 있습니다
사랑을 잃은 그대여
당신 곁에 있던 그 많은 사람들이
지금 당신 곁에 없어도 저는 당신을 사랑합니다
어둠 속에서도 별빛 하나쯤은 늘 사랑하는 이의
머리 위에 떠있듯
늦게까지 저도 당신의 어디쯤엔가 떠 있습니다

더 늦게까지 당신을 사랑하면서

비로소 나도 당신으로 인해 깊어져감을 느낍니다

모든 이들이 떠난 뒤에도 저는 당신을 조용히 사랑
합니다

가장 늦게까지 곁에 있는 것이 사랑이기 때문입니다.

겨울 골짝에서

낮은 가지 끝에 내려도 아름답고
험한 산에 내려도 아름다운 새벽눈처럼
내 사랑도 당신 위에 그렇게 내리고 싶습니다
밤을 새워 당신의 문을 두드리며 내린 뒤
여기서 거기까지 걸어간 내 마음의 발자국 그 위에
찍어
당신 창 앞에 놓아두겠습니다
당신을 향해 이렇게 가득가득 쌓이는 마음을 모르시면
당신의 추녀 끝에서 줄줄이 녹아
고드름이 되어 당신에게 보여주겠습니다
그래도 당신이 바위처럼 돌아앉아 있으면
그래도 당신이 저녁산처럼 돌아앉아 있으면
바람을 등에 지고 벌판으로 돌아가겠습니다
당신을 사랑했었노라는 몇줄기 눈발 같은 소리가 되어
하늘과 벌판 사이로 떠돌며 돌아가겠습니다.

꽃 피는가 싶더니
꽃이 지고 있습니다

피었던 꽃이 어느새 지고 있습니다
화사하게 하늘을 수놓았던 꽃들이
지난 밤 비에 소리없이 떨어져
하얗게 땅을 덮었습니다
꽃그늘에 붐비던 사람들은 흔적조차 없습니다
화사한 꽃잎 옆에 몰려오던 사람들은
제각기 화사한 기억 속에 묻혀 돌아가고
아름답던 꽃잎 비에 진 뒤 강가엔
마음 없이 부는 바람만 차갑습니다
아름답던 시절은 짧고
살아가야 할 날들만 길고 멉니다
꽃 한 송이 사랑하려거든 그대여
생성과 소멸 존재와 부재까지 사랑해야 합니다
아름다움만 사랑하지 말고 아름다움 지고 난 뒤의
정적까지 사랑해야 합니다
올해도 꽃 피는가 싶더니 꽃이 지고 있습니다.

잠 못 이루는 밤

눈발이 그치자 바람소리도 따라서 그칩니다
어둠 속에서 눈물 한 줄기를 흘리다
아이의 기침소리에 놀라 몰래 마른 손등으로 닦아냅
니다
이 세상에 죽음으로 인한 슬픔보다 큰 것은 없습니다
오랜 세월 눈물을 멈출 수 없게 하는 죽음들이 많은
우리가 태어나 사는 오늘 이땅에
내가 뿌린 눈물의 뜻은 누구를 위한 것이었나
생각하니 홀로 부끄러워집니다
눈물 한 방울이 서늘히 가슴을 씻고 마음을 헹구어
새롭게 어금니를 물게 하는 힘이 있음도 압니다
그러나 눈물은 죽음보다 더 큰 삶의 편을 위해 있습
니다
한 사람을 위해서 눈물 흘리지 말라는 뜻도 거기에
있습니다
결국은 죽음 속에서 다시 만나기 전까지 우리는 살
아 있는 것입니다

살아 있는 동안 서로 나누어 가지지 않으면 안되는
슬픔이 있습니다
눈물을 버리기로 수없이 마음먹는 이 밤
눈물을 버리며 결코 버릴 수 없는 것까지도
함께 버려야 하기 때문에 잠 못 이루는 밤
감았던 눈을 다시 뜨며
이제는 한 사람만을 위해서 울지 않기로 합니다
살아 있는 많은 사람들의 아픔을 위해
살아 있는 동안 더 많이 울어야 하기 때문입니다.

사랑도 살아가는 일인데

꽃들은 향기 하나로 먼 곳까지 사랑을 전하고

새들은 아름다운 소리 지어 하늘 건너 사랑을 알리

는데

제 사랑은 줄이 끊긴 악기처럼 소리가 없었습니다

나무는 근처의 새들을 제 몸 속에 살게 하고

숲은 그 그늘에 어둠이 무서운 짐승들을 살게 하는데

제 마음은 폐가처럼 아무도 와서 살지 않았습니다

사랑도 살아가는 일인데

하늘 한복판으로 달아오르며 가는 태양처럼

한번 사랑하고 난 뒤

서쪽 산으로 조용히 걸어가는 노을처럼

사랑할 줄은 몰랐습니다

얼음장 밑으로 흐르면서 얼지 않아

골짝의 언 것들을 녹이며 가는 물살처럼

사랑도 그렇게 작은 물소리로 쉬지 않고 흐르며 사

는 일인데

제 사랑은 오랜 날 녹지 않은 채 어둔 숲에 버려져 있

었습니다
　　마음이 닮아 얼굴이 따라 닮는 오래 묵은 벗처럼
　　그렇게 살며 늙어가는 일인데
　　사랑도 살아가는 일인데.

우   기

새 한 마리 젖으며 먼 길을 간다
하늘에서 땅끝까지 적시며 비는 내리고
소리내어 울진 않았으나
우리도 많은 날 피할 길 없는 빗줄기에 젖으며
남 모르는 험한 길을 많이도 지나왔다
하늘은 언제든 비가 되어 적실 듯 무거웠고
세상은 우리를 버려둔 채 낮밤없이 흘러갔다
살다보면 배지구름 걷히고 하늘 개는 날 있으리라
그런 날 늘 크게 믿으며 여기까지 왔다
새 한 마리 비를 뚫고 말없이 하늘 간다.

늦 가 을

가을엔 모두들 제 빛깔로 깊어갑니다
가을엔 모두들 제 빛깔로 아름답습니다
지금 푸른 나무들은 겨울 지나 봄 여름 사철 푸르고
가장 짙은 빛깔로 자기 자리를 지키고 선 나무들도
모두들 당당한 모습으로 산을 이루며 있습니다
목숨을 풀어 빛을 밝히는 억새풀 있어
들판도 비로소 가을입니다
피고 지고 피고 져도 또다시 태어나 살아야 할 이땅
이토록 아름다운 강산 차마 이대로 두고 갈 수 없어
갈라진 이대로 둔 채 낙엽 한 장의 모습으로 사라져
갈 순 없어
몸이 타는 늦가을입니다.

먼   길

하늘엔 별도 없고
대추나무 잎마다 달빛만 흩어지는데
끝도 없이 먼 어둠을 건너는 구름
밤을 새워 풀그늘에 벌레는 울고
이땅의 길들도 모두 저물어
저마다 쓰러져 깊게 누운 날
걸어온 길도 걸어갈 길도
어쩌면 어쩌면 이리 아득해
몇번이고 홀로 불을 켜고 앉아서
꺼지고 넘어지는 불씨를 안고
고요히 불러보는 그리운 이름
함께 먼 길 가자던 그리운 사람.

새는 밤

기러기떼 소리없이 저어간 뒤에는
오래도록 저녁 하늘 비어 있더니
먼 길 헤쳐 따라온 별 몇개가 떴습니다
결국은 우리도 쓸쓸히 살아왔고
결국은 이땅에서 외로이 이 길 걸어도
더욱 오래 외로이 살아가야 하는데
바람도 별을 따라 이곳까지 왔는지
허기진 목소리를 땅에 놓고 쉬는 밤
산다는 건 무엇인가
그 생각만 새도록 골똘합니다.

눈 내리는 벌판에서

발이 푹푹 빠지는 눈길을 걸어
그리운 사람을 만나러 가고 싶다
발자국 소리만이 외로운 길을 걸어
사랑하는 사람을 만나러 가고 싶다
몸보다 더 지치는 마음을 누이고
늦도록 이야기를 나누며 깊어지고 싶다
둘러보아도 오직 벌판
등을 기대어 더욱 등이 시린 나무 몇그루뿐
이 벌판 같은 도시의 한복판을 지나
창 밖으로 따스한 불빛 새어 가슴에 묻어나는
먼 곳의 그리운 사람 향해 가고 싶다
마음보다 몸이 더 외로운 이런 날
참을 수 없는 기침처럼 터져오르는 이름 부르며
사랑하는 사람 있어 달려가고 싶다.

혼자 사랑

그대의 이름을 불러보고 싶어요
짐짓 아무렇지도 않은 목소리로
그대와 조금 더 오래 있고 싶어요
크고 작은 일들을 바쁘게 섞어 하며
그대의 손을 잡아보고 싶어요
여럿 속에 섞여서 아무렇지도 않은 듯
그러다 슬그머니 생각을 거두며
나는 이것이 사랑임을 알아요
꽃이 피기 전 단내로 벋어오르는 찔레순 같은
오월 아침 첫 문을 열고 하늘을 바라보는 마음 같은
이것이 사랑임을 알아요
그러나 나의 사랑이 그대에게 상처가 될까봐
오늘도 말 안하고 달빛 아래 돌아와요
어쩌면 두고두고 한번도 말 안하고
이렇게 살게 되지 생각하며 혼자서 돌아와요.

혼자 사랑

혼자서만 생각하다 날이 저물어
당신은 모르는 채 돌아갑니다
혼자서만 사랑하다 세월이 흘러
나 혼자 말없이 늙어갑니다
남 모르게 당신을 사랑하는 게
꽃이 피고 저 홀로 지는 일 같습니다.

사랑하는 사람이 미워지는 밤에는

사랑하는 사람이 미워지는 밤에는 몹시도 괴로웠다
어깨 위에 별들이 뜨고
그 별이 다 질 때까지 마음이 아팠다

사랑하는 사람이 멀게만 느껴지는 날에는
내가 그에게 처음 했던 말들을 생각했다

내가 그와 끝까지 함께하리라 마음 먹던 밤
돌아오면서 발걸음마다 심었던 맹세들을 떠올렸다
그날의 내 기도를 들어준 별들과 저녁하늘을 생각했
다

사랑하는 사람이 미워지는 밤에는
사랑도 다 모르면서 미움을 더 아는 듯이 쏟아버린
내 마음이 어리석어 괴로웠다.

제 2 부

이렇게 살아도 되는 걸까

초가을비

마음 무거워 무거운 마음 버리려고 산사까지 걸어갔
었는데요

이끼 낀 탑 아래 물봉숭아 몇포기 피어 있는 걸 보
았어요

여름내 비바람에 시달려 허리는 휘어지고

아름다운 제 꽃잎이 비 젖어 무거워 흙바닥에 닿을
듯 힘겨운 모습이었어요

비안개 올리는 뒷산 숲처럼 촉촉한 비구니 스님 한
분

신발 끄는 소리도 없이 절을 돌아 가시는데

가지고 온 번뇌는 버릴 곳이 없었어요

사람으로 태어난 우리만 사랑하고 살아가며 고통스
러운 게 아니라

이 세상 모든 만물은 제가 지고 선 세속의 제 무게
가 있는가봐요

내리는 비 한 천년쯤 그냥 맞아주며

힘에 겨운 제 무게 때문에 도리어 쓰러지지 않는

석탑도 있는 걸 생각하며
가지고 왔던 것 그대로 품어 안고 돌아왔어요
절 지붕 위에 초가을비 소리없이 내리던 날.

조팝나무

낮에는 조팝나무 하얗게 피는 걸 보다 왔구요
날 저물면 먼저 죽은 시인의 시 몇편을 읽었어요
어떤 꽃은 낮은 데서 높은 곳을 향해 피는데
낮은 데서 낮은 데로 혼자 피다 가는 꽃도 있데요
그래도 사월이면 저 자신 먼저 깨우고
비산비야 온 천지를 무리지어 깨우더군요
해마다 봄 사월 저녁무렵엔 광활한 우주를 되걸어와서
몸서리치게 우리 가슴 두드려 깨우는데요
시 삼백에 삿된 것도 많은 우리는
언제 다시 무슨 꽃으로 피어 돌아와
설움 많은 이 세상에 남아 있을런지요.

빛   깔

봄에는 봄의 빛깔이 있고 여름에는 여름의 빛깔이
있다
겨울 지등산은 지등산의 빛깔이 있고
가을 달래강에는 달래강의 빛깔이 있다
오늘 거리에서 만난 입 다문 이 수많은 사람들도
모두 살아오면서 몸에 밴 저마다의 빛깔이 있다
아직도 찾지 못한 나의 빛깔은 무엇일까
산에서도 거리에서도 변치 않을 나의 빛깔은.

산

제가 그 산을 처음으로 알게 된 것은
널리 퍼진 이름 때문이었습니다
이름대로 그 산의 풍채는 멀리서도 기품이 있었고
능선을 타고 자란 나무들 뒤로 구름이 모여와줄 때나
산의 목소리를 따라 햇살이 줄을 지어 내려올 때면
거기 모인 이들은 경이로운 눈으로 산의 음성을 듣
곤 했습니다
누구나 산의 얼굴을 좀더 가까이 보고 싶어했고
가까운 발치까지 가 그가 마련한 작은 나무 한 그루
돌 몇개를 얻어 뜨락까지 가지고 와
자랑스러운 듯 매만지곤 했습니다
그러나 그 산을 멀리하게 된 것은 그를 자주 대하면
서였습니다
저 혼자만이 아니라 많은 이들이 늘 그 곁에 모이는
게 싫었고
함께 있으면서 그윽하던 골짜기 사이로
흉터와 그늘진 곳이 보이기 시작했으며

빗줄기에 허물어진 옆구리 뇌성과 벽력 앞에서

어떤 때는 나약해 보이는 어깨가 저를 실망스럽게 했습니다

그리고는 마침내 그를 칭송하던 소리들이

쓰레기와 휴지더미가 되어 그에게 날아가고

그도 지친 듯 등을 돌리고 서 있는 모습에 저는 그를 떠나고 말았습니다

다시 이름높은 다른 산들을 찾아 떠돌기를 여러 해

나뭇잎이 지고 새로 돋는 산자락을 따라 스무 해 가까이

저도 조금씩 나이가 들고 세상 거친 바람에

상처를 입은 채 돌아온 그해 겨울

저는 어느 산기슭에 다리를 접고 신발을 벗었습니다

해진 신발이 머문 댓돌 위로 몇날 몇밤 눈보라가 치고

눈 녹는 물소리가 문풍지를 조심조심 건드리는 저녁 토방문을 열다가

저는 조용히 늙어가고 있는 옛날 그 산의 옆모습을
만났습니다

제가 돌아온 곳이 그 산의 어느 품안이었음을 안 것
도 그때였습니다

가까이 있어서 귀한 줄 모르던 산이 거기 있었습니다

자주 만날 수 있어서 소중한 줄 모르던 그 산의 골
짜기도

그대로 있었습니다 그 산은 사랑하는 많은 이를 잃
고도

말없이 몇마리 산새를 쉬게 하며 조용히 저물어가고
있었습니다

저도 상처받고 돌아온 뒤에야 그 산의 모습이 바로
보였습니다

제가 지치고 나약한 모습의 보잘것없는 언덕이 되어
그의 근처를 찾은 것이 아니라

산이 날 그의 가슴 안으로 불러들인 것을 알게 되었
습니다

세상을 사랑하는 일과 세상을 살아가는 일을 어렴풋
이 알고 나서야
　산이 내 가슴속으로 들어와 나를 산으로 키우는 것
을 알게 되었습니다.

산 이야기

많은 이들이 저마다 그 산을 가보았다고 합니다

치렁치렁 유려하게 벋어내린 산줄기를 대하던 이야
기며

장엄한 산의 목소리를 듣고 와 벅차하는 사람도 있
었습니다

산이 기슭마다 품고 있는 곧게 자란 나무의 숫자보다

더 많은 선지식을 산에서 거두어오는 사람도 있었습
니다

골짜기를 흐르는 물 위를 반짝이며 내려가는 햇살보다

더 많은 예찬의 언어들로 감겨 있는 광경도 보았습
니다

그러나 제가 찾아가 만난 산은 깊은 곳에

오래 된 암자 하나를 소중하게 간직하고 있을 뿐이
었습니다

청향처럼 은은한 풍경소리만이 추녀 끝에 감돌고 있
었습니다

오늘도 많은 사람들이 산을 향해 올라오고 있습니다

산을 만나고 내려가는 사람들의 소리도 분주합니다
그러나 저는 독경소리 들으며 소리없이 피던
꽃다지 몇송이 생각합니다
차고 정갈한 샘물 속에 누워
풍경소리에도 살을 떨던 갈잎 몇장 생각합니다.

산 위에서

산꼭대기에 서서 보아도 산의 안 보이는 곳이 있다
웅혼하게 벋어 있는
밀려오고 밀려간 산자락의 내력과
육중함을 평범함으로 바꾼 그 깊은 뜻도 알겠고
영원하다는 것은 바로 그 평범하다는 데 있는 것도
알겠는데
산이 제일 잘 보이는 곳에 올라서서 보아도
다 못 보는 구석이 있다
산 아래 살면서 내 집 창으로 산을 보거나
일터를 오가는 길에 서쪽 벼랑에서 늘 보아오던 모
습으로
언제나 그 산을 잘 아는 것처럼 말해왔는데
잘 안다는 그 짧음 한쪽에서만 보아온 그 치우침을
오늘 산 위에서 비로소 깨닫는다
가까이 있는 산 하나도 제대로 못 보는데
하물며 사람의 삶에 대해서는 어떠했을까
꼭대기에 오르기는커녕 말 한마디 깊이 나누어보지

못하고도

얼마나 많은 편견을 사람들에게 쏟아부었던가

산꼭대기에 올라서서 보아도 다 못 보는 구석이 있
는 것을.

우 암 산

제 모습보다 더 나아 보이려고
욕심부리지 않습니다
제 모습보다 더 완전해 보이려고
헛되이 꿈꾸지 않습니다
있는 모습 그대로 꾸미지 않고 살아갑니다
산은 언제나 제 모습으로 돌아가 있습니다
사람들이 산을 올려다보면서
산처럼 되지 못하는 것이
모두 제 자신의 허영에 있음을
산은 알고 있습니다
있는 그대로의 제 모습
부끄러움도 부족함도 모두 다 제 모습임을
산은 알고 있습니다
산은 제 모습보다 더 대단해 보이려고
욕심부리지 않습니다
제 모습보다 더 완전해 보이려고
헛되이 꿈꾸지 않습니다.

큰산 가는 길

큰산으로 가는 길에는 깊은 물이 있다
물은 큰산을 품어 더욱 깊어지고
산은 물을 따라 내려가 더욱 맑아진다
마음이 크다는 것은 마음이 깊다는 것이다
마음이 깊다는 것은 마음이 맑다는 것이다.

박 달 재

고개를 넘다 바라보니 안개꽃 같은 별들이
모두 제 있을 곳에 떠 있다
숲 사이를 지나다 바라보니 그 별들이 어느새
추위에 떨고 있는 나무들 사이로 내려와
나무들의 빈 자리를 따뜻하게 메우고 있다
우리 가는 길 앞을 거친 모습으로 막고 서 있는
검푸른 산맥 사이를 지날 때면 그 위에 편안히 누워
두려움 속에서도 늘 여유를 잃지 말라 한다
별은 길 없는 하늘 가운데에서도
모두들 제 갈 길을 소리없이 찾아가면서
우리가 고개를 넘을 때마다 우리보다 먼저
고갯마루에 별 여러 형제를 보내 기다리게 하거나
빈 들판 끝까지도 일일이 젊은 별들을 보내
이 세상이 다만 황량한 것이 아님을 보여준다
지상에선 꽃들이 하늘에선 별들이
살면서 제 모습을 잃지 않으며
외롭고 비어 있는 것들의 곁으로 가

그곳까지 아름답게 바꾸어놓고 있다

별이 있어서 고개를 넘는 밤

별이 있어서 마음을 잃지 않는 밤.

눈에 보이는 것마다
시가 되는 때가 있다

눈에 보이는 것마다 시가 되는 때가 있다

가슴으로 다가오는 것마다 노래가 되는 때가 있다

이 세상 많은 시인들도 그러하였을 것이다

바람이 불 때마다 머리칼을 흔드는 시를 만나는 때
가 있다

뜨겁게 흐르는 것들이 서늘히 이마를 씻어주는 시들
이었다

그런데 언제부턴가 한 달씩 두 달씩 시를 만날 수
없게 되었다

이 세상의 많은 시인들도 그러할 것이다

부지런히 일하고 더 바쁘게 읽고 쓰곤 하였지만

시를 만나는 날이 멀어지는 때가 있다

조금은 풀죽은 모습으로 웃어넘기곤 하였지만

시를 버리고라도 더 중요한 것을 찾아

가고 있기 때문인지도 모른다고 생각하였지만

우리가 모르고 있는 무슨 다른 까닭이 있을 것이다

제 가슴의 가장 소중한 것 하나를 잃어가고 있기 때

문이거나

　우리가 모르는 사이에 우리가 먼저 시를 버리고 있
었는지도 모른다

　시가 먼저 우리를 배반하기 전에 우리가 먼저.

오늘 하루

어두운 하늘을 보며 저녁 버스에 몸을 싣고 돌아오
는 길
생각해보니 오늘 하루 얻은 것보다 잃은 것이 더 많
았다
이것저것 짧은 지식들은 많이 접하였지만
그것으로 생각은 깊어지지 않았고
책 한권 며칠씩 손에서 놓지 않고 깊이 묻혀
읽지 못한 나날이 너무도 오래 되었다
많은 사람들을 만나고 많은 이야기를 나누며 지냈지만
만나서 오래 기쁜 사람보다는 실망한 사람이 많았다
──나는 또 내가 만난 얼마나 많은 사람을 실망시
켰을 것인가
미워하는 마음은 많았으나 사랑하는 마음은 갈수록
작아지고
분노하는 말들은 많았지만 이해하는 말들은 줄어들
었다
소중히 여겨야 할 가까운 사람들을 오히려 미워하며

모르게 거칠어지는 내 언어만큼 거칠어져 있는 마음이
골목을 돌아설 때마다 덜컹거렸다
단 하루를 사람답게 살지 못하면서
오늘도 혁명의 미래를 꿈꾸었다.

아름다운 말 한마디를
나누러 가고 싶다

장대비에 젖으며
아름다운 말 한마디를 나누러 가고 싶다
까치집 위에 뜬 살구빛 노을 저쪽
그리운 곳의 사람에게 가고 싶다
몇날 몇밤을 낙엽은
문풍지를 때리며 툇마루에 떨어지고
우리의 마음도 그렇게 밤새 떨어져
끊임없는 갈증으로 떠나가던 때처럼
오늘도 그렇게 가고 싶다
내가 만난 모든 길은 비에 젖어 지워지고
아름다운 사람들과 잡은 손은
언제나 얼어 있었다
굴참나뭇잎에 떨어지는 빗소리처럼
내 가슴을 절절하게 깨우던 소리들이
조금씩 뒷등에 울리는 저녁 어스름
눈썹달처럼 깨끗하던 사람들을 만나러 가고 싶다
쇠창살을 때리는 번갯불과 맞서서

푸른 눈을 부릅뜨던 달군 돌의 마음 가진 사람들을
만나러 가고 싶다
아무도 없고 빈 벌판뿐인 이런 날
이 세상 어떤 사람도 가끔씩은 이렇게 절망하는 밤
내 육신을 빠져나간 가슴 저린 것들
내 곁에서 너무도 갑자기 사라져버린 것들
없는 것들을 만나러 가고 싶다
온 밤을 칼날같은 바람의 끝에 세워두며
얼음장 밑을 흐르는 물에 씻고
솔가지 위에 쌓인 눈에 닦은
희디흰 내 영혼의 사리 몇개 부싯돌처럼 두드리며
다시 떠나고 싶다
뉘우치며 뉘우치며 떠나고 싶다.

이렇게 살아도 되는 걸까

이렇게 살아도 되는 걸까
어둠 속에서 어깨를 떨며 있을 때
다시는 죄짓지 말라고
말없이 다독여주시던 손길을 잊고
눈물을 멈출 수 없어 부끄럽게 돌아앉아 있을 때
가까이 와 낮은 소리로 일으켜주시던 말씀을 잊고
내가 이렇게 살아도 되는 걸까

아니다 아니다 하면서 헛된 이름을 팔며
보이지 않게 허물을 늘려가는 하루 또 하루
지킬 수 없는 말들을 하며
욕되게 사는 삶 팔아 양식을 벌고
욕되게 쓰는 글 팔아 목숨을 이어가는
차마 이렇게 살아도 되는 것일까

돌아가자 돌아가자고 두 줄의 시를 쓰다
때묻어 궁글며 한 줄의 시를 더 잊어버리는

정말 이렇게 살아도 되는 것일까

잠자리를 펴고 누웠다가도 문득문득
소스라쳐 눈이 떠지곤 하는 하루 또 하루
정말 이렇게 살아도 되는 걸까.

벗 하나 있었으면

마음이 울적할 때 저녁 강물 같은 벗 하나 있었으면
날이 저무는데 마음 산그리메처럼 어두워올 때
내 그림자를 안고 조용히 흐르는 강물 같은 친구 하
나 있었으면

울리지 않는 악기처럼 마음이 비어 있을 때
낮은 소리로 내게 오는 벗 하나 있었으면
그와 함께 노래가 되어 들에 가득 번지는 벗 하나
있었으면

오늘도 어제처럼 고개를 다 못 넘고 지쳐 있는데
달빛으로 다가와 등을 쓰다듬어주는 벗 하나 있었으면
그와 함께라면 칠흑 속에서도 다시 먼 길 갈 수 있
는 벗 하나 있었으면.

여   행

처음 보는 사람과 한자리에 앉아서 먼 길을 갔습니다
가다가 서로 흔들려 간혹 어깨살을 부대기도 하고
맨다리가 닿기도 했습니다
어떤 때는 몇마디씩 말을 주고받기도 했지만
한참씩 말을 않고 먼 곳을 내다보곤 하였습니다
날이 저물어 우리 가야 할 길에도 어둠이 내리고
두 사람은 앞서거니 뒤서거니 하면서
서로가 내려야 할 곳에서 말없이 내려
자기의 길을 갔습니다
얼마쯤은 함께 왔지만 혼자 가는 먼 여행이었습니다
이 세상 많은 이들의 만나고 헤어지는 일이 그런 것
처럼.

아름다운 세상에 티끌 같은 나 하나

말 한마디 하기가 두렵습니다
글 한줄 쓰기가 두렵습니다
겨울나무 가지 끝에 팔랑팔랑 소리날 듯
별들이 걸렸는데
어찌나 겨울하늘 아름다운지
걸음을 내딛기가 무섭습니다
아름다운 사람들 만나 그들과 함께 여기까지 왔습니다
이 길이 바르게 가는 길이라 믿어
뒤돌아보지 않고 오랜 날을 왔습니다
강물도 언 살을 서로 섞은 채
어두운 곳을 저희끼리 몰려갑니다
저녁때는 물오리떼 작은 발도 씻어주고
손 흔드는 갈대풀과 소리치며 떠들기도 하더니
아무도 없는 곳을 묵묵히 감돌아 갑니다
외롭다 말 안하고 오래오래 젖어서 갑니다
우리도 작은 불 켜들고 자갈길 가다가
앞서간 사람들이 남긴 흔적 보며 분노합니다

여기저기 어두운 곳에 버려진 말들을 주워들고 흥분
합니다
그러다 별밭을 올려다보며 두려워집니다
나도 또한 바르게 사는지 두려워집니다
우리가 가는 발자국 위에 길을 내며 따라오는
언제나 우리보다 더 올곧을 사람들을 생각합니다
손끝이 시린 강바람 헤치며
뒤돌아보지 않고 이 길을 가지만
아름다운 세상에 티끌 같은 나 하나 두렵습니다.

세속의 어떤 절

눈빛 맑은 스님 한 분
대중 속으로 내려와
절을 지었다

남들은 머리 깎고 산으로 갔는데
스님은 산에서 내려와
공단 근처로 들어갔다

남들은 목탁소리 산골짝으로 올려보내는데
스님은 골목길 공장 연기 아래서 목탁을 쳤다

이상한 일이었다
먼지 많은 세속에다 법당을 세웠는데
세월 흘러도 산에서나 다름없이
스님 눈빛 물처럼 맑았다

다른 많은 스님들이 자신 속에서 부처를 찾을 때

그 스님은 때묻은 사람들 속에서 부처를 찾고 있었다.

불　혹

이 가을 저는 불혹의 나이에 대해 생각했어요
이땅에서 태어나 이곳에서 보낸 흔들리는 젊은날과
피 흘리며 작은 것 하나를 소중히 깨닫던
아프고 괴로운 시절들을 오래오래 생각했어요
최루탄 터지는 소리와 냉대와 모멸감 속에서도
고맙게 살아 있는 쥐똥나무 한 그루조차
오늘은 예사롭지 않았어요
불혹의 나이는 아직 거두어들이지 않은 들곡식 위에
치런치런 내리는 초가을 햇살과 같은지도 몰라요
투명한 밀잠자리 날개 하나를 위해서
가득히 모여와 주는 오후의 하늘과 같은
질박한 나이인지도 몰라요
만나고 헤어진 많은 사람들이
의심없이 그리워지는 오늘 같은 날
우리의 뼈들도 이 나이에 알맞은 모습으로
가벼워질 수 있다면 하고 생각했어요
이 가을 내가 지고 갈 수 있는 내 무게에 대해서도

생각했어요
  외면하지 말고 비겁하지 않게
  내가 지고 갈 수 있는 등짐에 대해서도 말이어요
  강물이 반짝이는 등 뒤에 여러 척의 배를 업고
  저녁햇살 속에서 그렇게 가듯
  건넛산이 아름드리 나무를 안고
  오랜 세월을 그렇게 가듯
  우리도 우리의 나이를 그렇게 지고 갔으면 하고 바
랐어요
  그것이 눈물 속에서 나를 키운 이땅에 대한
  사랑을 갚는 일은 아닐까 해서요.

미 시 령

바람이 분다 모든 것을 버리고 돌아오라
바람이 분다 가난한 모습으로 돌아오라
찬란했던 잎새들의 푸른 박수소리도
잎잎마다 쏟아지던 반짝이는 햇살도
모두 다 버리고 빈 몸으로 돌아오라
말을 많이 했거든 말을 버리고 돌아오라
큰 몸짓 많았거든 몸짓들을 빼내고
홀가분한 모습으로 들을 건너 돌아오라
두려워 말라 미시령을 넘는 늦가을 나무처럼
모든 것을 되돌려주고 돌아오라
많은 이름으로 둘러싸여 사는 그대여
갈잎이 무수히 가고 있다 가벼워져 돌아오라.

제 3 부

부칠 곳 없는 편지 별에다 씁니다

별에 쓰는 편지

부칠 곳 없는 편지 별에다 씁니다
들어줄 이 없어도 혼잣말로 써가고
보아줄 이 없어도 손으로 씁니다
맨 처음 썼던 말은 뒤따라오며 지워지고
보고 싶다는 한마디만 끝인사로 남습니다
밤마다 쇠창살을 손으로 부여잡고
부칠 곳 없는 편지 별에다 씁니다.

창살 밖에 또 창살

창살 밖에 또 창살
그 너머에 흔들리는 나뭇잎
흔들리는 외로운 그림자 하나

창살 밖에 또 창살
그 너머에 낮게 내리는 취침나팔
창살 하나씩 만지고 건너가는 바람소리

창살 밖에 또 창살
그 너머에 소리없이 젖어오는 저녁비
숨어서 눈물짓는 사람들의 저무는 마음.

담이 너무 높아

담이 너무 높아 미루나무 끝만 보입니다
담이 너무 높아 노을지는 하늘만 보입니다
오늘도 몇사람이 감옥문을 열고 들어왔습니다
나가는 사람보다 들어오는 사람이 더 많아도
담벽은 까딱하지 않습니다
돈 때문에 이를 깨물고 양심 때문에 가슴을 치며
늦도록 잠 못 드는 사람이 옥 안에 가득해도
세상은 까딱하지 않습니다
어제와 똑같이 먹고 사랑하고 날이 저물 것입니다
내일도 똑같이 싸우고 도박을 하고 가난할 것입니다
저무는 하늘에다 아아 절망공화국 이렇게 썼습니다.

독   방

꽃들도 조용히 몸을 닫은 밤입니다
마룻장에 쓰러져 취침나팔 소리를 듣습니다
푸른 수의에 인생의 한 중턱을 묶어둔 채
이 독방에서 몰래 울다 갔을 사람들을 생각합니다
세상을 미워하기도 하고
제 가슴을 때리기도 하면서
밤이면 벽에 새긴 날짜들을 하나씩 지워갔을
많은 사람들을 생각합니다
풀벌레 소리에 묻어오는 저녁바람 같은 그리움에
그들도 오늘처럼 잠 못 이루었을 겁니다
달은 없고 애기별 하나 외로이 뜬 밤
죄 안 짓고 사는 일도 어렵지마는
바르게 사는 일 더욱 어려워
얼마나 많은 사람이 이곳을 거쳐가야 할지
검은 하늘만 오래도록 바라봅니다.

이름 석자

누군가 감옥의 철문에 당신의 이름을 새겼습니다
무엇인가 날카로운 것으로 파서 새긴 당신의 이름
나는 당신의 이름을 유치장 벽에서도 보았고
포승줄에 묶인 채 기다리던 방에서도 보았습니다
나도 가슴에 맺힌 그 무엇이 있기 때문에
유독 당신의 이름만이 눈에 뜨이는지 모르겠습니다
그러나 무엇 때문일까요
손톱으로 파서라도 이렇게 당신의 이름을 남기려는
까닭은
가슴에 새기고도 부족하여 철문이 스러질 때까지
변하지 않을 이름을 새기려 하는 마음은.

달뿌리풀

햇볕에 쩍쩍 바닥이 갈라지는 모래밭에선
물 한 방울에 목숨을 거는 모습으로 살았습니다
큰물에 모든 것이 뒤집히고 떠내려갈 때면
외줄기 생명으로 버티며 살았습니다
독하게 살 수밖에 없었습니다
온몸에 가시가 돋았지만
이렇게 살아온 내 목숨의 표시일 뿐입니다
그러나 한번도 내가 먼저 남을 찔러본 적은 없었습
니다
뜻없이 남을 해쳐본 적도 없었습니다
평생 화려한 꽃 한번 피워보지 못했습니다
그저 평온한 날이 오면
풀줄기 몇잎 키워보는 것이 전부였습니다
그러나 저도 하느님이 생명을 주신 풀입니다
달뿌리 이렇게 이름 석자도 지어준 풀입니다.

새   벽

새벽에 몰래 눈을 뜨면
제일 먼저 철창 밖을 바라보았습니다
그러면 밤새도록 해뜨는 쪽을 향해
쉬지 않고 달려온 하늘이 먼저
새벽이 오는 것을 보여주곤 했습니다
기상소리가 울리기 전에 몰래 눈을 뜨면
새들이 더 일찍 깨어 있었습니다
하늘의 체온으로 자고 깨며
하늘 가장 가까운 곳에서 눈비를 맞던 새들이
새벽이 오는 것을 가장 먼저 알고 있었습니다
간수 몰래 깨어서 새벽이 오는 것을 기다리는 동안
새벽이 오는 것을 가장 기뻐하는 사람은
어둠 속에서도 별빛같이 눈을 켜고
한 시대의 가장 어두운 것들과 싸워온
사람들임을 알았습니다.

냉이꽃 한 송이도
제 속에서 거듭납니다

냉이꽃 한 송이도 제 속에서 거듭납니다
제 속에서 거듭난 것들이 모여
논둑 밭둑 비로소 따뜻하게 합니다
참나무 어린 잎 하나도 제 속에서 거듭납니다
제 속에서 저를 이기고 거듭난 것들이 모여
차령산맥 밑에서 끝까지 봄이게 합니다
우리도 우리 자신 속에서 거듭납니다
저 자신을 죽이고 다시 태어난 사람들 모여
이 세상을 아직 희망이게 합니다.

상선암에서

차가운 하늘을 한없이 날아와
결국은 바위 위에 떨어진 씨앗의 마음은 어떠하였을까
흙 한톨 없고 물 한방울 없는 곳에
생명의 실핏줄을 벋어내릴 때의 그 아득함처럼
우리도 끝없이 아득하기만 하던 날들이 있었다
그러나 바위 틈새로 줄기를 올리고 가지를 뻗어세운
나무들의 모습을 보라

벼랑끝에서도 희망은 있는 것이다

어떤 경우에라도 희망은 있는 것이다
불빛은 아득하고
하늘과 땅이 뒤엉킨 채 어둠에 덮여
우리 서 있는 곳에서 불빛까지의 거리 막막하기만
하여도
어둠보다 더 고통스러이 눈을 뜨고
어둠보다 더 깊은 걸음으로 가는 동안

길은 어디에라도 있는 것이다

가장 험한 곳에 목숨을 던져서
가장 아름답게 빛나는 것이 있는 것이다.

음촌 가는 길

먼 곳을 가던 중이었는데요
느티나무 아래 개울물이 너무 맑아 잠시 걸음을 쉬
었어요
개울가에 앉아 민물에 손 담그다 바라본 하늘엔
가을햇볕 타고 내리는 먼저 지는 잎 몇개가 있었어요
물 위를 가볍게 미끄러져 내려오다
잔물굽이 속에 묻혀 사라지곤 하는 나뭇잎들 보며
몸부림치며 가눌 수 없어하던 우리들의 슬픔
나중엔 세월의 어느 강가를 조용히 저 혼자 흘러가
고 있을
그 슬픔에 대해 생각했어요
개울물이 만나는 강줄기 끝으로 새 한 마리
흘러오고 흘러가는 것들을 지키며 떠 있는데
깊어질수록 멀어지는 강을 따라 살아 있는 우리들은
마타리꽃 꺾어들고 얼마를 더 걸었어요
그는 제 몸에 불을 질러 제 목숨을 남김없이 태우고
갔어요

이 절망의 시대에 하느님 당신을 땅에 묻습니다
이렇게 기도하는 소리를 죽은 이는 못 듣고
살아 있는 이들만 그의 죽음 곁에 서서 들었어요
오랫동안 우리들도 절망하며 지냈지만
떡갈잎 그늘에 몸을 쉬던 산골물이
떡갈잎 지고 나면 그 몸을 받아주듯
절망이 깊은 이들 조용히 받아 안고 함께 흐르다
제 슬픔 데리고 홀로 가게 놓아주는
그런 강물이 우리 곁에 있으면 하고 바랐어요
아직도 우리를 더 먼 곳까지 걸어가게 하는 것은
절망이 아니라 아픈 희망이기 때문이지요
목숨이 있다는 것은 희망이 있다는 것이기 때문이지요.

담 쟁 이

저것은 벽
어쩔 수 없는 벽이라고 우리가 느낄 때
그때
담쟁이는 말없이 그 벽을 오른다
물 한방울 없고 씨앗 한톨 살아남을 수 없는
저것은 절망의 벽이라고 말할 때
담쟁이는 서두르지 않고 앞으로 나아간다
한 뼘이라도 꼭 여럿이 함께 손을 잡고 올라간다
푸르게 절망을 다 덮을 때까지
바로 그 절망을 잡고 놓지 않는다
저것은 넘을 수 없는 벽이라고 고개를 떨구고 있을
때
담쟁이잎 하나는 담쟁이잎 수천 개를 이끌고
결국 그 벽을 넘는다.

덕   담

지난해 첫날 아침에 우리는
희망과 배반에 대해 말했습니다
설레임에 대해서만 말해야 하는데
두려움에 대해서도 말했습니다
산맥을 딛고 오르는 뜨겁고 뭉클한
햇덩이 같은 것에 대해서만 생각하지 않고
울음처럼 질펀하게 땅을 적시는
산동네에 내리는 눈에 대해서도 생각했습니다
오래 만나지 못한 사람들에 대한 그리움과
느티나무에 쌓이는 아침 까치소리 들었지만
골목길 둔탁하게 밟고 지나가는 불안한 소리에 대해
서도
똑같이 귀기울여야 했습니다
새해 첫날 아침 우리는 잠시 많은 것을 덮어두고
푸근하고 편안한 말씀만을 나누어야 하는데
아직은 걱정스런 말들을 함께 나누고 있습니다
올해도 새해 첫날 아침
절망과 용기에 대해 이야기하였습니다.

당신은 거기 계십니다

장미의 문을 지나 당신은 거기 계십니다
오월꽃들의 단내와 함께 당신은 그곳에 계십니다
그러나 아름다운 꽃이 가시덤불 속에서 피어나듯
고통과 형극의 길 위에서 당신은 아름답게 계십니다
우리가 처음 당신을 만난 것은
절망의 골짜기를 헤매일 때였습니다
어둠 건너편에서 당신은 환하게 계시었습니다
상처 입은 짐승처럼 울부짖다 쓰러져 고개를 들었을
때
우리의 머리 바로 위에서 함께 울고 계시는
당신의 눈물을 만났습니다
우리가 사랑을 잃고 바람처럼 떠돌다
어둔 숲에서 잠이 깨었을 때
아침햇살과 함께 나뭇가지 사이를 뚫고
당신은 우리에게 걸어오시었습니다
우리가 때로 손발을 묶이어 철창에 갇히고
가진 것을 모두 다 잃었을 때에도

당신은 그 음습한 감옥의 벽에 함께 와 계시었습니다
이제 황량한 들을 건너 흩어졌던 사람들이 하나씩
모이고
거친 들판의 모퉁잇돌 하나를 주워
그 위에 땀과 눈물로 당신의 집을 지을 때
당신은 여기 오시어
머릿수건으로 흐르는 땀을 닦으시며
함께 벽돌을 쌓으십니다
당신의 집에 모여 올리는 우리의 간절한 목소리들이
우렁차게 광야를 향해 떠날 때
그곳에도 항상 당신은 함께 계실 것입니다
가시덤불 속에서 오월 장미가 피면
장미의 단내를 딛고 당신은 항상 우리에게 오실 것
입니다
우리와 늘 함께 가실 것입니다.

해가 바뀌어도 우리는

해가 바뀌어도 어둠은 물러가지 않을 것이다
해가 바뀌어도 우리들은 걸음을 멈추지 않을 것이다
그토록 많은 날을 열망하고 기다리던 밝은 햇살은
우리 앞에서 처참하게 깨어지고 거꾸러지고
우리들은 흙탕처럼 몸에 어둠을 묻히고
어제도 별 없는 거리에 섰었다
나직이 부르던 아늑한 노래를 잊은 지 오래고
포근하고 부드럽던 목소리도 쉬어 갈라진 지 오래
되었다
혼자 소중하게 간직하고 싶던 것들도 바람 속에 잃
어가며
많이도 험한 길을 넘어오고 넘어갔다
내일에 대한 희망 때문이었다
내일에 대한 믿음 때문이었다
어느 날 그 품에 꼭 서고픈 빛나는 아침에의 그리움
때문이었다
기쁘게 손을 잡고 맞이할 새날 새아침에 대한 바람

때문이었다

해가 바뀌어도 우리는 걸음을 멈출 수 없다.

우리는 함께 천리를 가자는데

우리는 함께 천리를 가자는데
당신들은 신발끈 매기조차 두려워하는구나
우리는 벽을 향해 목이 터져라 외쳐대는데
당신들은 떳떳한 말 한마디 하기를 주저하는구나
우리는 발가벗기우고 무릎 꿇려 수치로 칠갑이 되었
는데
당신들은 얼굴 하나 내어놓기를 부끄러워하는구나
우리는 모가지를 내놓고 싸우고 있는데
당신들은 머리칼 하나 다칠세라 조심을 하는구나
함께 죽어야 함께 살 수 있는 우리인데
당신과 우리 함께 살기 위해 일어서자 한 것인데.

당신은 누구입니까

당신은 창 안에서 먼지 자욱한 세상을 바라보고 있습니다

우리는 바람 부는 일터에서 흙먼지를 맞으며 있습니다

당신은 늘 당신의 자리를 잃지 않고 있지만

우리는 쫓기며 다니다 길을 잃을 때가 많습니다

당신은 조용히 있을 줄 알아 때묻지 않고 있지만

우리는 으레이 때를 묻히며 지냅니다

당신은 혼자 깊이깊이 기도하며 밤을 새우기도 하지만

우리들은 사람들과 섞이어 소리치다 주기도문도 잊을 때가 많습니다

당신도 우리 위해 글을 쓰고 우리도 우리들 삶을 글로 씁니다

우리를 위해 글을 쓴다는 당신은 정녕 누구입니까.

강

가장 낮은 곳을 택하여 우리는 간다
가장 더러운 것들을 싸안고 우리는 간다
너희는 우리를 천하다 하겠느냐
너희는 우리를 더럽다 하겠느냐
우리가 지나간 어느 기슭에 몰래 손을 씻는 사람들아
언제나 당신들보다 낮은 곳을 택하여 우리는 흐른다.

제 4 부

우리 아직 당신의 두 눈은
묻지 아니하였습니다

겨울로 가는 나무 한 그루

모두들 제 빛깔로 물드는 나무들을 보며
우리는 우리의 빛깔을 갖지 못해 괴로웠어요
이땅의 가장 낮은 곳을 택하여 간 것들이
결국 강물을 이루어 흐르는 것을 보며
갈 길을 찾지 못한 우리는 답답했어요
또 한 해가 가고 있어요
언덕 위의 자작나무처럼 몸이 크고
하나의 과일이 가을까지 익는 것처럼
우리도 그렇게 자라야 하는데
그물에 갇혀 발버둥치다 깨는 밤이 많았어요
선생님과 학교를 미워하며 떠난 친구들이 생각났어요
이제까지 나를 버티게 해준 나뭇잎들을
하나씩 떼어내며 생각해보면
늘 얻은 것보다는 잃은 것이 많았어요
눈이 내릴 것 같은 잿빛 저 하늘에
아직도 군데군데 푸른 하늘 때문에 살지만
해가 바뀌면

우리는 또 어디로 떠나야 할지 불안해요

남의 길 남의 빛깔이 아닌

누가 조금만 더 일찍 내 몸에 맞는

내 빛깔을 사랑할 수 있게 해주었다면

우리들의 젊은날은 더 풍요로웠을 거예요

이 세상의 어떤 사람도 결국은 하나씩의 작은 길을

가는 것이라고

조금만 더 일찍 가르쳐주었다면

오늘보다 좀더 아름다운 길을 걸어왔을 거예요

이제 너무나 많은 것을 놓치고 겨울로 가는 시간이

안타까워요

안녕. 뜨겁던 여름과 쓸쓸한 가을을

함께했던 벗들이여

한 개씩의 낙엽이 되어 이 세상의 한 모퉁이로

뿔뿔이 흩어져갈 벗들이여 안녕.

오월 아침

찔레꽃이 핀 아침입니다
하늘색 옷을 입고 할머니와 함께
유치원에 가는 아들의 뒤를 따라 출근을 합니다
돌틈에 자라는 풀 한창 푸르게 크는 밤나무 잎 새로
오랜만에 푸르게 내려앉은 하늘을 보며
자꾸만 뒤를 돌아다보는 아이에게
어서 가자고 손짓을 하며
어제 죽은 또 한 사람의 젊은이를 생각합니다
찔레꽃이 피고 나뭇잎이 마음대로 자라는
해마다 오월은 푸른 아침과 함께 오건만
아직도 목숨을 건 싸움은 그치지 않고 있습니다
되찾아야 할 것들을 목놓아 부르며
하늘 한 중턱에 목숨을 꽂는 사람들과
이미 던질 것을 다 던진 마음으로
아직 살아서 싸우는 사람들의
끝나지 않은 오월의 아침을 걸어갑니다
그 많은 죽음들 때문에 꼭 부활을 생각케 되는

죽은 자에게도 산 자에게도 잊혀질 수 없는
또다시 찔레꽃 피는 오월의 아침입니다.

해직교사의 스승의 날

해직교사의 썰렁한 사무실에
제자들이 찾아오는 날은
복사꽃이 핍니다

학생들 속에 서 있는 선생님 모습이
연초록 잎들 돋아나는 사월의 나무와 같습니다
그 속에서 선생님은 나무 그늘 아래로
제비꽃 냉이꽃이 줄을 지어 달려오는 꿈을 꿉니다

꽃을 잃은 지 오래인 복사나무 가지에
연분홍 복사꽃이 피고
그 꽃잎을 뚫고
한낮의 환한 햇살이 지나가는 과수원을 봅니다

그들이 곁에 있으면
골짜기를 시원하게 내리지르는 물소리가 들리고
지난해 심은 배나무 살구나무가 함께 모여와

왁자지껄 웃어대는 모습을 봅니다

그러나 아직도 우리는 눈물로 만납니다
반가움보다 눈물이 먼저 앞서고
돌아가고 난 뒤의 빈 자리가 너무 커
아직도 우리는 아물지 않은 상처로 만납니다

해직교사의 쓸쓸한 사무실에
올해도 스승의 날이 옵니다

간밤 꿈에 만난 꽃 같은 얼굴들이
아침이면 비 젖은 꽃잎이 되어 땅에 가득 깔려 있는
바람 부는 사무실의 창 밖으로
올해도 해직교사의 스승의 날은 옵니다.

지금 한 시대의 스승들이
죽어가고 있습니다

지금 한 시대의 스승들이 죽어가고 있습니다
산골짜기 요양원 구석진 방에서
살의 한 부분을 떼어낸 채 쓸쓸히
이 시대의 선생님들이 죽어가고 있습니다
병든 몸으로 창 밖의 댓바람소리를 듣다가
두고 온 학교의 수돗물 떨어지는 소리 들리는 듯하여
뒤척이며 돌아눕는 선생님이 있습니다
너무도 어이없어 눈동자 속에 눈물을 밀어넣고
나무뿌리보다 질긴 병마와 싸우는 선생님들이 있습
니다
그들의 고통 그들의 진실을 몇개의
푸석푸석한 약봉지에 맡겨둔 채
이땅에 사는 사람 그 누구도
편안히 잠들 자격 없습니다
그들이 쓰러지는 것을 그냥 버려둔 채
이땅에 양심 아직 살아 있다 할 수 없습니다
그들 중에 단 한 사람이라도 그대로 죽어가게 두고는

이땅에 아직 썩지 않은 사람 있다 할 수 없습니다
지금 한 시대의 양심들이 죽어가고 있습니다
그들을 거리로 내쫓은 자들 중에
아직 다 썩지 않은 사람 있다면
그들의 아직 남아 있는 목숨 앞에 무릎 꿇어야 합니다
아직 인간으로서의 손톱만한 양심이 남았다면
그들을 살려내야 합니다
칼이라도 빼어들 것 같은 우리들의 분노 앞에 말고
굶주림과 외로움이 병이 되고
아이들에 대한 사랑 거짓교육에 대한 울분이
병이 되어 쓰러진 선생님들 앞에
돌아와 함께 그들을 살려내야 합니다
지금도 그들에게 밤을 새워 긴 편지를 쓰는
제자들이 있습니다
지금도 선생님 사랑해요 외치다
소리보다 눈물이 먼저 쏟아지는 아이들이 있습니다
그 아이들 곁으로 떳떳이 돌아가기 전에

그들이 이렇게 억울하게 쓰러져가게 할 수는 없습니다

그들이 목숨을 던져서까지 무엇을 지키려 했는지 알고 있다면

그들을 살려내야 합니다

그들이 쓰러지고 난 뒤 이땅에 그들의 눈빛 앞에서

자유로울 수 있는 자 없습니다

누구도 단 한 사람도 없습니다.

오 후 반

너는 들어갈 교실이 없고

나는 돌아갈 학교가 없구나

하급반 아이들이 공부하는 창 밖에서

너는 가방을 풀지 못한 채

오후의 햇살을 발로 차며 서성이거나

차가운 골마루에 올망졸망 쪼그리고 앉아

빗소리와 선생님 말소리가 뒤섞이는 받아쓰기를 하
는구나

사람들마다 일터를 찾아 바쁘게 달려나간

적막한 오후의 거리를 지나다 너희 학교를 바라본다

얼마나 더 지나야 너희의 꿈과 이야기가

알록달록 아름다운 저마다의 교실을 갖게 될까

얼마나 더 지나야 아이들과 싱그러운 아침인사를 나
누며

나도 자랑스럽게 학교문을 들어설 수 있게 될까.

우리 아직 당신의 두 눈은
묻지 아니하였습니다

솥발산 돌더미 사이에
눈 없는 당신을 묻고 돌아왔습니다
큰 싸움이 지나간 뒤 몇해 동안
사람들은 조금씩 우리를 잊어갔지만
그동안 우리가 얼마나 어려웠고
얼마나 쉬임없이 싸웠으며
얼마나 이를 깨물고 참아왔던가를 생각하며
우리들은 저마다 제 설움에 울기도 하였습니다
거리로 쫓겨나 다시 그 학교로 되돌아가기 위해 싸
웠고
비굴한 밥그릇을 거부하며 항거했고
그 싸움의 와중에서 병을 얻어
얼마나 고통스럽게 당신이 쓰러져갔는가를 생각하며
땅을 치고 발을 굴렀습니다
그러나 우리 아직 당신의 두 눈은 묻지 아니하였습
니다
당신이 뱃사람에게 주고 간 한 개의 눈은 아직 살아서

당신의 시심처럼 출렁이는 푸른 바다를
끝없이 바라볼 것입니다
봄이 오는 낙동강
도적의 무리들이 어두운 첫발을 디디는
저녁의 부둣가를 지켜볼 것입니다
이땅의 가난한 여인에게 준 다른 한 개의 눈은
아직도 사람답게 살지 못하는 착한 내 이웃들의 모
습과
내 노동으로 따뜻한 밥 한 그릇을 마련하는 사람들의
뜨거운 입김과 우리의 자식들이 자라서
입학하는 학교길을 따라가기도 할 것입니다
통일이 되는 날 당신 아버지의 고향에서
눈물로 북녘 산천을 적시기도 할 것입니다
돌아오면서 우리들은 우리도 어떻게
죽어야 하는가를 이야기하였습니다
지금 이 순간보다 뒷날 우리가 죽음에 임하는 날까지
살아야 할 삶의 자세에 대해 걱정을 하였고

그날까지 흔들리지 말자고 손을 마주 쥐었습니다
우리도 당신처럼 몸과 마음 모두를 아낌없이
주고 가며 살자고 서로의 눈동자를 바라다보았습니다.

낙 동 강

봄마다 불어내리는 낙동강물
구포벌에 이르러 넘쳐넘쳐 흐르네
포석은 그렇게 노래했었지
슬퍼서 아름다운 소설 속에서였지
동지 한 사람 땅에 묻고 구포역을 지나
굽이굽이 칠백리 봄의 낙동강을 따라간다
사랑의 힘으로 혁명가가 되어가는 여인이 있었지
형평운동을 하며 참사람이 되어야겠다고 했었지
시를 쓰는 아내와 네살짜리 아들을 두고 너는 갔지
강가의 넓은 들품 안에는 무덤무덤 마을이 있었고
갈 때보다 더 몇배 긴 행렬이 마을 어귀부터
강언덕을 향하여 뻗쳐나오고 수많은 깃발이 나부꼈
다 했지
긴 외올베자락에 갔구나 너는 갔구나
밝은 날 해맞이춤에는 네 손목을 잡아볼 수 없구나
그렇게도 쓰여 있었다 했지
죽어서도 네 몸은 학교로 돌아갈 수 없었고

수없이 많은 깃발만 나부꼈지

참교육 참세상 그날까지 우리도 네 뒤를 따르겠다고

수십 개의 만장이 철사줄로 얽어맨 교문 밖에 휘날
렸지

싸움 속에서 병을 얻고 병 속에서도 너는 싸웠지

많은 사람들이 모여서 많이도 슬퍼했지

그해 식민지의 아침에 푸뜩푸뜩 첫눈이 날리던 날처
럼

기차가 들녘을 다 지나갈 때까지 나도

하염없이 차창 밖을 내다보며 너를 생각했지

낙동강을 따라오면서 가장 밑바닥에 터져나오는

설움과 분노를 강물에 뿌리며 나도 많은 결심을 했지

식민지에 태어나 쓴 글이어서 한이 많았던 글들의
여백을

다시 채워넣으며 그 소설을 읽었지

우리가 새롭게 써넣어야 할 가장 굳센 언어들을 생
각했지

오리떼가 날아오르는 낙동강 위에
봄풀이 돋는 강둑 위에 그날 수많은 시들을 던졌지
이땅에서 살고 이땅에서 죽어야 할 우리의 목숨이
천년을 산 낙동강 만년을 산 낙동강처럼
빼앗길 수 없는 것이어서 많이 서러웠지
네가 죽으면서 남긴 보고 싶은 이름들이
아직 살아서 어떻게 사는가
해마다 낙동강물을 따라 되살아오며 너는 보겠지
흘러흘러 봄이면 우리 가슴을 적시겠지
네가 떠난 낙동강, 굽이굽이 칠백리 너의 낙동강.

　＊고딕체 부분은 조명희의 소설 「낙동강」에서 따온 것임.

임희진 선생님 보내며

당신은 참 소리없이 살다 가셨습니다
노을보다 더 붉게 타는 갈참나무 숲 넘어
한줄기 연기로 사라져가는 당신을 바라봅니다
당신의 살아서의 마음처럼 은은한 저녁노을을
우리 머리 위에 곱게 펼쳐 보이시며
당신은 말없이 살다가 가셨습니다
당신이 건너가는 짧은 세월의 강물 위로
낮달 하나 일찍 나와 지켜보는 이 하늘 아래
늦가을꽃들이 마구 무너지고 있습니다
며칠 후 며칠 후 그런 기약으로 우리는 이승에 남아
우는데
미안하단 그 한마디만을 남기고 당신은 가셨습니다
고통도 아픔도 소리없이 홀로 태우다
짐 벗어 우리 곁에 남겨두고 혼자 가셨습니다.

이 광 웅

그대는 이땅의 맑은 풀잎이었다가
허리에 도끼날이 박힌 상처받은 소나무이었다가
그대는 별자리에서 쫓겨난 착한 별이었다가
견결한 향기로 시드는 가을들판 마른 쑥잎으로 앉아
있다가

그대는 진흙도 물벌레도 다 와서 살게 하는 고운 호
수였다가
천둥번개도 눈보라도 다 품어주는 저녁하늘이었다가
그대는 지금 갈기갈기 소나기로 내리는 슬픔
쏟아지며 쏟아지며 온 세상을 다 적시는 눈물의 빗
줄기.

우리는 우리끼리 울었어

우리의 몸 속에서 조금씩 생명이 꺼져갈 때도
우리는 밤을 새워 일을 했어
어둠 속에서 어린 네가 숨을 쉬지 못하다가
엄마의 얼굴에 백짓장 같은 신호를 보낼 때까지도
우리는 미련스럽게 고통을 참으며
날이 새기를 기다렸어
며칠 뒤에 있을 집회 준비에 다른 생각을 못했어
그러는 사이에 뱃속의 네가 죽어가고 있었는데도 말
이야
설이 끼어 있는 이번 달은 월급도 받지 못했지
너는 붉은 피가 되어서 해직교사 엄마 곁을 빠져나
갔어
우리는 우리끼리 울었어
우리의 목숨이 어떻게 꺼져가고 있는지 생각지도 않는
너희 앞에서는 울지 않고
우리끼리 서로 안고 울었어
어이없이 허물어져버리는 벼랑의 흙처럼

생명이 몸 속에서 꺼져가는 동안
우리는 우리끼리 울었어.

제주 바다

당신은 이곳에 오시어 꽃 피는 시절만을 보고 가십
니다
복숭아빛 노을 속에 뜬 새 한 마리 기억만을 담아
가십니다
발끝 잔물에 적시며 나누던 아름다운 이야기들의
추억만으로 오늘도 또 이곳에 오십니다

그러나 당신은 비명과 총소리 이 갯가에 가득하던
때의
저녁 비린내를 알지 못하십니다
먹구름에 쫓겨 황급히 달아난 사람들 생각에
산그늘진 마음 한쪽을 모르십니다
당신은 언 발을 구르며 돌아오지 않는 사람들을 기
다리던
우리들 피묻은 추억을 생각지 못하십니다

불덩이로 솟았다 지금은 가슴 곳곳 구멍이 뚫린 채

식어 있는 돌멩이들처럼

아직 우리의 가슴은 메워지지 않은 채 이 바닷가에
쓰러져 있습니다

오늘도 우리는 무엇이 썩어서 이곳에 꽃 한 송이를
키우는가 생각합니다

무엇이 살아 저렇게 이파리들 몸서리치게 흔들고 있
는지 생각합니다

오늘도 밤새가 울어머니 내 나잇적 똑같은 소리로
우는지 생각합니다.

닭장차 안에서

몽둥이에 맞아 머리가 깨어진 동료의 소식을 알려고
경찰서를 찾아갔다 닭장차를 탔다
치료를 해주고 있는지 철창 안에 갇혀 있는지 묻다가
흉악범처럼 팔을 잡히고 팔다리를 들리어 닭장차에
실렸다
왜 우리가 연행되어야 하는지 이유를 묻자
그들은 기다렸다는 듯이 군가를 불러댔다
책임자가 누구냐 이것이 민주주의냐 물어도
그들은 지시에 따라 군가만을 불러댔다
이 한 목숨을 조국에 바친다고도 불렀고
충성을 다하리라 하고 부르기도 했다
군가가 끊기는 사이마다 철창을 두드리며
거리의 시민들을 향하여 우리가 애타게 외쳐대기가
무섭게
그들은 어머니의 자랑스런 아들이 되어 하고 노래를
불렀다
그리고는 시내를 빠져나와 아직 겨울이 다 가지 않

은 들판이나

　변두리 파출소에 삼삼오오 흩어 팽개치며

　황급히 그들은 떠났다

　계급장이 없는 군복 몸에 맞지 않는 헐렁한 군복의

땟물을 감추며

　그들은 또다시 차를 타고 떠나며 군가를 불러댔다

　사나이 한 목숨 무엇이 두려우랴 외치며 그들은 달

려갔다

　그들의 조국 그들의 목숨에 대하여 물어볼 새도 없

이 그들은 떠났다.

다시 부활을 기다리며

오늘은 햇빛 맑은 부활절이었습니다

깨끗한 옷을 입고 아이들 손잡고 성당에 가기로 했습니다

그러나 저는 싸움터로 갔습니다

해가 바뀌어도 오지 않는 그분을 기다리며

가난한 이웃의 아이들에게

예쁜 달걀을 나누어주던 사람처럼

저도 그렇게 인내하며 살고 싶었습니다

그러나 저는 싸움터로 갔습니다

지금 이 넓은 세상에 한 칸의 방을 구하지 못하는 이들

지금 밭을 갈다 삽자루를 꽂고 한숨짓는 이들

지금도 일터에서 쫓겨나고 배를 곯는 이들과 함께

빈 주먹을 쥐고 소리도 지르다

머리 위에 터지고 발등에도 떨어지는 최루탄에 쫓기며

하루종일 눈물을 닦았습니다

가끔씩 맑은 하늘 아래로 고맙게 여우비가 내리다

그치는

하늘을 보며 손수건을 흔들었습니다
복사꽃 위로 가득히 쌓이는 최루탄 연기를 보며
눈자위가 빨개져 돌아왔습니다
저녁무렵에는 겉옷에 가득 쌓인 탄가루를 털며
성당 주위를 서성거렸습니다
마음이 아파 제대로 기도할 수 없었고
양손 가득 돌멩이를 움켜쥐고 부르르 떨며 돌아오던
친구의 모습이 자꾸 어른거렸습니다
이 나라 사월 눈물 없는 곳이 없는 이땅에
사월에서 오월 오월에서 유월 최루탄 터지는 소리
끊이지 않을 이땅에 부활은 정녕 언제 오는 것입니까
언제나 외롭고 가난하고 천대받는 이들과 함께 계시어
그들의 편에 서서 십자가를 마다하지 않으시던 당신
을 따라
오늘도 많은 이들이 죽음의 언덕을 피눈물로 넘습니다
이 세상을 위해 아름다운 일을 하는 사람들을

도와주시리라 약속했던 당신의 말씀을 따라

오늘도 많은 이들이 피흘리며 끌려가고 있습니다

그러나 언제쯤 우리 모두의 부활은 이땅에 새로이
오는 것입니까

오늘은 부활절이었습니다

그러나 저는 싸움터로 가야 했습니다.

먼 곳의 벗에게 쓰는 편지

벗이여 우리 만나 이런 것을 서로 자랑하면 어떨까
그대와 우리 중 누가 더 많이 서로를 사랑했는지
그대들과 우리 중 누가 더 서로를 그리워했는지
먼 곳의 벗이여 그대들과 우리가 만나
이제는 누가 더 총칼을 많이 쌓아두었는지 자랑하지
말고
누가 더 이땅의 하나됨을 간절히 소망했는지
누가 더 한 나라 한 겨레 되기를 진심으로 바랐었는지
벗이여 그런 마음을 서로 털어놓는다면 어떨까
이제는 누구의 곳간이 더 넉넉한가 견주지 말고
어떻게 서로 나누며 사람답게 살 수 있는지 밤새워
의논하고
서로를 쓰러뜨리던 기억보다는 서로를 부축해 세울
수 있는 마음을
누가 더 똑똑했던가를 겨루기보다는 누가 더 많이
부끄러웠던가를
터놓고 다독이며 새도록 밤을 밝힐 순 없을까

그대들과 우리 포연 자욱히 묻었던 옛날 옷 벗어 묻고
보통강 물줄기에 빨아 헹군 그대들 옷과
북한강 상류에서 빨아 입은 우리 새옷을 입고
누가 더 전쟁을 미워했는가를 이야기하는 일은 어떨까
벗이여 이땅의 구석구석 아직도 아물지 않은 상처들을
우리 함께 찾아나서 삽질해 묻으면서
삼천리를 우리의 새로운 땀으로 적시면 어떨까
우리가 못다 했던 사랑 능금빛 얼굴 우리 착한 아들
딸들에게 주어
그대들의 아들과 우리의 딸들이 서로 사랑하게 하면
어떨까
벗이여 그렇게 우리가 화해와 축복의 잔치마당에서
서로 어깨동무를 하고 춤추며 만나는 일은 또 어떨까
아직도 만날 수 없는 먼 곳의 벗이여
이제 다시는 싸움으로 만나지 말고 화해와 용서로
만날 순 없을까
진정으로 사람답게 사는 세상을 만들기 위해

서로 머리를 맞대고 고민하는 마음과 마음으로 만날
순 없을까
  내가 먼저 거짓을 버리고 네가 더 너그러워져서
  압록강 낙동강 물이 큰바다에서 만나듯 섞이며 만날
순 없을까
  목이 타듯 그리운 사람들이여 목마르게 애타는 산하
여 사랑이여.

식민지의 이 푸르른 하늘 밑에
또다시 가을이 오면

나뭇잎 몇개가 떠서 지켜보는 그날의 하늘도
오늘처럼 이렇게 푸르렀을 겁니다
푸르른 가슴으로 그들도 젊음에 대하여 생각하고
과일처럼 자라오는 사랑하는 마음을 가졌을 겁니다
이 세상 많은 이들이 그러하듯
그들도 보장된 미래와 영예롭게 빛나는
자신의 이름 하나를 가꾸기 위해
제복 속에서 꿈꾸고 행복하였을 겁니다
적어도 식민지에 대하여 눈뜨기 전까지는 말입니다
　내 이웃의 삶과 빼앗긴 땅에 대하여 생각하기 전까
지는 말입니다
　나 자신보다 더 큰 것을 사랑하면서부터
　이땅에는 피흘리며 지켜야 할 것이 있음을 알면서부터
　그들은 사랑보다는 고통 속에서 살았습니다
　남보다 먼저 깨어 피흘리며 살았습니다
　자신밖에 사랑할 줄 모르는 사람들이

빗장을 걸어잠그고 문을 닫은 채 창 안에서 흘리는
소리없는 비웃음도 받았습니다
물살이 거세면 물살만을 탓하고
불길이 세차면 불길만을 두려워하며
사랑에 대하여 평등에 대하여 정의에 대하여
한 발짝도 걸어나갈 줄 모르는 사람들이
등돌리고 서서 질타하는 소리도 들었습니다
오랜 세월 우리 모두를 짓밟아온 이민족의 총대 밑
에서
아직도 다만 기다려야 한다고만 하는
사람들과도 섞여 살았습니다
용기에 대하여 민족에 대하여
지나치다고만 탓하는 근엄한 꾸지람을 들으며 살았
습니다
그러나 진정으로 이땅을 지켜온 사람들은 누구였습
니까
아니다 아니다라고 분명하게 말해온 사람들은 누구

였습니까

이민족의 총칼 앞 그 가장 가파른 선봉에 서서

쓰러지던 이들은 누구였습니까

이민족과 야합하여 동족의 등을 밟고 선 사람들의

주먹을 향하여

가장 먼저 팔 걷고 나서던 사람들은 누구였습니까

그렇게 살아 오랏줄에 꽁꽁 묶여 차디찬 감옥으로

가장 많이 끌리어가던 사람들은 누구였습니까

분단된 이 나라 눈물의 이 나라

철조망을 걷어내는 일까지 두려워하지 않으며

함께 걸음을 딛던 이들은 누구였습니까

태극기의 그 절반의 붉은 피를 목에 걸고

목메어 목메어 통일의 그날을 향해 가는 이는

지금 또 누구입니까

식민지의 이 푸르른 하늘 밑에 또다시 가을이 오면

그들도 이땅의 많은 이들과 똑같이 사랑하고 아파하

고

사랑하는 이의 어깨에 기대어
투정할 줄 아는 젊은 가슴들이었을 겁니다
그러나 장례행렬이 끊이지 않는 죽음의 이 시대에
사랑도
명예도
이름도 남김없이 버리고 가고 있는 사람들은 누구입
니까
이땅은 진정 누가 피흘리며 지켜오는 나라입니까
이토록 푸르른 가을하늘 밑에
끊임없이 붉은 피 흐르는 이 나라는.

현옥 아버지께 쓰는 사십년 편지

여보, 현옥 아버지 당신이 살아 계시다는데
순임이가 이슬이라면 늘 눈에 넣고 다니겠다고
송도원 바닷가를 거닐며 말하던 당신의 아내
순임이도 이렇게 살아 있는데
아, 당신이 살아 계시다는데
여보 나는 당신을 어떻게 만나야 하나요
식구들 눈에라도 띌까봐 잠든 밤에 흘려온
사십여 년 눈물의 그 끝에
당신이 살아 계시다는 소식을 철조망 너머에서 들었
는데
나는 당신을 만날 수 없어요, 여보
목단강 강바람 속에서 눈보라와 폭격 속에서
당신이 남기고 간 물낡은 솜동복에
죽어가는 현옥이를 싸안고 울다 쓰러지다
그렇게 다시 살아나 목숨을 이어온 사십년 분단의
세월
조국의 철조망 이쪽과 저쪽에서

우리의 청춘이 백발이 되도록 당신이 감옥살이를 하
는 동안

그 현옥이가 자라서 남의 아이들을 가르치는 선생이
되는 동안

우리 아들은 꼭 돌아온다 언제든지 돌아온다

유언을 남기고 유복자 당신을 끝내 못 만난 채

어머님마저 돌아가시는 동안 이렇게 기다려왔는데

철조망은 우리를 갈기갈기 찢어놓고 돌아서 있어요

한평생을 옥방에서 보낸 당신의 몸에 병이 깊어

우리의 생에 이제 몇날 몇밤이 남았는지 기약할 수
없는데

남쪽 땅 북쪽 땅이 아니고 휴전선 신갈나무 근처 아
무데서라도

사람의 아내 사람의 남편으로 단 몇시간만이라도

손 한번 잡아볼 수 있는 시간만이라도

영영 가질 수는 없는 것인가요

밤이 새도록 한 뜸 두 뜸 손바느질로 지은 바지 저

고리 한 벌

　따뜻한 옥수수차 한 잔 건네줄 수 있는 자리

　이 세상에는 없는 것인가요

　끝내 통일부부로 단 하루만이라도 같이 지낼 수 없
는 것인가요

　삼십년 사십년을 기다려 꼿꼿이 앉았다 재처럼 스러
지고 마는

　그런 부부로 죽어가야 한단 말인가요

　우리가 젊어서 사랑한 조국이

　우리의 마지막 목숨이 다하기까지

　단 한번 부부로 다시 만날 수 없게 하는 땅에서 살
아야 하나요

　여보, 현옥 아버지 사랑하는 현옥이 아버지.

'새 한 마리'와 '먼 길'의 의미

신   경   림

새 한 마리 젖으며 먼 길을 간다
하늘에서 땅끝까지 적시며 비는 내리고
소리내어 울진 않았으나
우리도 많은 날 피할 길 없는 빗줄기에 젖으며
남 모르는 험한 길을 많이도 지나왔다
하늘은 언제든 비가 되어 적실 듯 무거웠고
세상은 우리를 버려둔 채 낮밤없이 흘러갔다
살다보면 배지구름 걷히고 하늘 개는 날 있으리라
그런 날 크게 믿으며 여기까지 왔다
새 한 마리 비를 뚫고 말없이 하늘 간다.

———「우기」 전문

　10행밖에 되지 않는 이 짧은 시는 도종환의 시를 이해
하는 데 더없이 중요한 시다. 이 시집에 실린 거의 모든
시가 직접적이든 간접적이든 또는 크게든 작게든 '새 한
마리'와 '먼 길'의 이미지를 가지고 있기 때문이다. 물론
이 시에서 '먼 길'을 가는 '새 한 마리'는 화자가 아니고

그 눈에 비친 객체이다. 그러나 이 시인은 "우리도 많은 날 피할 길 없는 빗줄기에 젖으며／남 모르는 험한 길을 많이도 지나왔다"고 진술함으로써 '새 한 마리'와 화자를 동일시하고 있음을 털어놓고 있다. '새 한 마리'는 "비를 뚫고 말없이 하늘"을 가는 새요, '먼 길'은 "언제든 비가 되어 적실 듯" 무겁다. 그러나 그 새는 "살다보면 배지구름 걷히고 하늘 개는 날 있으리라"는 것을 믿고 여기까지 온 것이다. 어쩌면 조금은 상투적일 수도 있는 이러한 내용을 호소력있는 가락으로 끌어올려주고 있는 것은 "세상은 우리를 버려둔 채 낮밤없이 흘러갔다"는 시인의 깊은 고뇌와 갈등이 엿보이는 대목이다. 더 재미있는 것은 이런 쪽에 무게가 실릴 때 그의 시는 대체로 더 맺히고 호소력있는 시가 되는 반면, "살다보면 … 있으리라"는 쪽에 더 무게가 실리면 묽고 뻔한 내용의 시로 떨어진다는 점이다. 비록 민중시일지라도 철저한 자기탐구가 없이는 감동적인 가락을 얻을 수 없다는 사실을 새삼스럽게 일깨워준다. 표제의 시 「당신은 누구십니까」를 읽어보자.

　　강으로 오라 하셔서 강으로 나갔습니다
　　처음엔 수천개 햇살을 불러내어 찬란하게 하시더니
　　산그늘로 모조리 거두시고 바람이 가리키는
　　아무도 없는 강 끝으로 따라오라 하시는 당신은 누구
십니까

　　숲으로 오라 하셔서 숲속으로 당신을 만나러 갔습니다
　　만나자 하시던 자리엔 일렁이는 나무 그림자를 대신
보내곤

몇날 몇밤을 붉은 나뭇잎과 함께 새우게 하시는
당신은 어디에 계십니까

고개를 넘으라 하셔서 고개를 넘었습니다
고갯마루에 한 무리 기러기떼를 먼저 보내시곤
그 중 한 마리 자꾸만 뒤돌아보게 하시며
하늘 저편으로 보내시는 뜻은 무엇입니까

저를 오솔길에서 세상 속으로 불러내시곤
세상의 거리 가득 물밀듯 밀려오는 사람들 사이에서
나타났단 사라지고 떠오르다간 잠겨가는
당신은 누구십니까

상처와 고통을 더 먼저 주셨습니다 당신은
상처를 씻을 한 접시의 소금과 빈 갯벌 앞에 놓고
당신은 어둠 속에서 이 세상에 의미없이 오는 고통은
없다고
그렇게 써놓고 말이 없으셨습니다

당신은 누구십니까
저는 지금 풀벌레 울음으로도 흔들리는 여린 촛불입
니다
당신이 붙이신 불이라 온몸을 태우고 있으나
제 작은 영혼의 일만팔천 갑절 더 많은 어둠을 함께
보내신
당신은 누구십니까.

"당신은 누구십니까"라는 물음의 반복이라는 형태를 취하고 있는 이 시에서 '당신'은 역사일 수도 있고 민중일 수도 있고 정의일 수도 있고 또 신일 수도 있겠지만, 실제로 "당신이 누구"인가는 그리 중요하지가 않다. 가령 강으로, 숲으로 또는 세상 속으로 불러낸 '당신'이 먼저 준 것이 비록 상처와 고통일지라도 기꺼이 당신을 따르겠다는 상투적인 다짐이, "저는 지금 풀벌레 울음으로도 흔들리는 여린 촛불"이라는 진술을 대신했더라도 이 시가 이만큼 격조있는 아름다움과 높은 호소력을 가질 수 있었을까. 아마 그랬더라면 운동의 세속적 메타포의 수준을 넘지 못했을 것이다. 이 시집 속에서도 적잖이 찾아지는, 긴장감이 없는, 풀어진 시들이 반드시 시의 장단에 연유하는 것이 아님에 주목할 필요가 있을 것이다.

이 시집 속에도 지금까지 그가 애용해온 경어체의 시가 많다. 이런 투를 고집하는 것은 독자들에게 더 친근하게 다가서기 위해서인지도 모르겠고, 또 거기에 일리가 있는 것도 사실이다. 그러나 경어체=설명이 되어서는 시의 맛이 반감된다는 점을 간과해서는 안될 것이다. 가령 "눈물에 대해서는 미리 생각지 않기로 했어요/내가 다시 한 사람을 사랑한다면/그것은 다시 삶을 사랑해야 한다는 것이며/더이상 어두워지지 말자는 것이었지요"(「폭설」)나 "사람이 서로 살며 사랑하는 일도 그렇고/우리가 이 세상을 사랑하는 일도 그러합니다/사랑은 우리가 우리 몸으로 선택한 고통입니다"(「풀잎 하나를 사랑하는 일도 괴로움입니다」)라는 강렬한 메시지에도 불구하고 시로 읽히기보다는 진부한 아포리즘 이상으로 받아들여지지가 않는다. 이에 비해서 다음과 같은 짧은 시는 같은 아포리즘을

담고 있으면서도 여간만 산뜻하지가 않다. 긴장과 밀도가
있어 그러함은 더 설명할 필요가 없으리라.

　　가장 낮은 곳을 택하여 우리는 간다
　　가장 더러운 것들을 싸안고 우리는 간다
　　너희는 우리를 천하다 하겠느냐
　　너희는 우리를 더럽다 하겠느냐
　　우리가 지나간 어느 기슭에 몰래 손을 씻는 사람들아
　　언제나 당신들보다 낮은 곳을 택하여 우리는 흐른다.
　　　　　　　　　　　　　　　　　　　──「강」전문

　　그러나 도종환 시의 바탕에 흐르고 있는 것은 무엇보다
사랑이다. 얼핏 제목만 보아도 「사랑을 잃은 그대에게」
「사랑도 살아가는 일인데」「혼자 사랑」「사랑하는 사람이
미워지는 밤에는」 등 사랑 자가 붙은 것이 많지만, 감옥
에서 쓴 옥중시 또는 해직교사로서 쓴 교육에 관계되는
시들을 제외한다면, 모두 사랑이 주제가 되고 있다고 읽
어도 좋을 것이다. 물론 이때 사랑의 개념은 그 외연에
이웃, 동지, 짓눌려 사는 모든 사람들을 포괄하지만, 이
성에 대한 사랑이 내포를 이루고 있음은 말할 것도 없다.
그리고 이 점은 그의 시를 매우 아름답고 정감이 넘치는
것으로 읽히게 만들고, 이 점이 그의 시가 대중성을 획득
하는 원천이다. 하지만 그가 스스로를 '한 마리 새'와 동
일시하는 것이나 상황을 험하고 먼 길로 인식하는 것은
그가 꿈꾸고 좇는 것이 높은 사랑이기 때문일 수도 있다
고 생각할 때, 그의 시에서의 사랑은 더 넓고 포괄적인
것으로 파악되어도 무리가 아닐 것이다. 그가 교단에서

쫓겨나고 감옥에 가는 것도 따지고 보면 그가 꿈꾸고 좇는 것이 높은 사랑이어서이기도 하기 때문이다. 이런 뜻에서, 비록 행사시의 성격을 띤 것이 많기는 하지만, 교육시들은 그의 시 가운데서 중요한 자리를 차지한다.

> 너는 들어갈 교실이 없고
> 나는 돌아갈 학교가 없구나
> 하급반 아이들이 공부하는 창 밖에서
> 너는 가방을 풀지 못한 채
> 오후의 햇살을 발로 차며 서성이거나
> 차가운 골마루에 올망졸망 쪼그리고 앉아
> 빗소리와 선생님 말소리가 뒤섞이는 받아쓰기를 하는구나
> 사람들마다 일터를 찾아 바쁘게 달려나간
> 적막한 오후의 거리를 지나다 너희 학교를 바라본다
> 얼마나 더 지나야 너희는 꿈과 이야기가
> 알록달록 아름다운 저마다의 교실을 갖게 될까
> 얼마나 더 지나야 아이들과 싱그러운 아침인사를 나누며
> 나도 자랑스럽게 학교문을 들어설 수 있게 될까.
> ——「오후반」 전문

시에서 화자는 학교를 떨려난 해직교사요 '너'는 교실부족으로 오후반 수업을 받을 수밖에 없는 학생이다. "가방을 풀지 못한 채" "골마루에 올망졸망 쪼그리고 앉"은 '너'와, "적막한 오후의 거리를 지나다 너희 학교를 바라"보는 '나'의 대비라는 구도를 통한 교육현실의 고발이 돋

보인다. 이 시를 읽으니 어서 "너희는 꿈과 이야기가／알록달록 아름다운 저마다의 교실을 갖게" 되고, "아이들과 싱그러운 아침인사를 나누며／나도 자랑스럽게 학교문을 들어설 수 있게 될" 그날이 와야겠다는 생각이 새삼스럽게 간절해진다.

문득 도종환의 선량해보이는 큰 눈망울이 떠오른다. 오늘도 참교육 실천을 위해서, 또 해직교사의 복직을 위해서 바쁘게 뛰어다니겠지. 올 해직교사의 스승의 날에는 부디 "해직교사의 썰렁한 사무실에"서 꽃 같은 제자들을 "눈물로 만나"(「해직교사의 스승의 날」)지 않고, 학교 교실에서 왁자지껄 웃어대는 아이들을 만나게 되기를, 그리하여 "젖으며 먼 길을" 가는 새가 아니라 빛나는 하늘을 높이 나는 새가 되기를 간절히 바라지만, 어쩌랴, 꽃샘이 불기 전에 전추위 교사들이 다시 징계위에 회부되고 있다는 소식이 들리니.

후 기

병약한 얼굴을 늦겨울 햇살이 잠깐씩 들여다보다가는 가버리고 하늘은 내내 흐렸습니다.

병 때문에 삼사년 만에 처음으로 오랜 날을 쉬고 있습니다.

그동안 병이나 들어야 여러 날씩 쉬어볼 수 있는 바쁜 삶을 살았습니다.

좋은 시를 쓰고 싶었지만 욕심이었습니다.

할 말을 하면서도 시의 꼴을 갖춘 시를 써야겠다는 생각이 더욱 시를 못 쓰게 할 때도 많았습니다.

그게 어디 한두 해 노력 갖고 되는 일입니까. 평생을 쏟아부어도 이루어질까 말까 하는 일을 당장 해내려는 것은 지나친 욕심이었습니다.

모자라는 대로 부족한 대로 그냥 여러분 앞에 내놓습니다.

그것들도 다 제 삶의 얼룩이기 때문입니다.

1993년 2월 청주에서

도 종 환

창비시선 111

당신은 누구십니까

초판 1쇄 발행/1993년 3월 30일
초판 22쇄 발행/2025년 7월 14일

지은이/도종환
펴낸이/염종선
펴낸곳/(주)창비
등록/1986년 8월 5일 제85호
주소/10881 경기도 파주시 회동길 184
전화/031-955-3333
팩시밀리/영업 031-955-3399 편집 031-955-3400
홈페이지/www.changbi.com
전자우편/lit@changbi.com